문학과지성 시인선 279

넌 도돌이표다

심재상 시집

문학과지성사에서 펴낸 심재상 시집
누군가 그의 잠을 빌려(1995)

문학과지성 시인선 279
넌 도돌이표다

펴낸날 / 2003년 10월 28일

지은이 / 심재상
펴낸이 / 채호기
펴낸곳 / ㈜**문학과지성사**
등록번호 / 제10-918호(1993. 12. 16)

서울 마포구 서교동 363-12호 무원빌딩(121-838)
편집/ 338)7224~5 FAX 323)4180
영업/ 338)7222~3 FAX 338)7221
홈페이지/ www.moonji.com

ⓒ 심재상, 2003. Printed in Seoul, Korea

ISBN 89-320-1457-4

문학과지성 시인선 279

넌 도돌이표다

심재상

2003

오랜 뜸들임의 삭은 동아줄로 허허롭게 첫 시집을 엮어냈을 때, 난 나의 삼십대와 작별하려던 참이었다. 다시 8년의 세월이 가파르게 흘렀다. 그 사이에 세기가 바뀌었다. 작년 여름엔 전대미문의 큰비가 마을 뒤를 흐르는 남대천의 물길을 바꾸어놓았다. 내가 나의 사십대와 작별하게 될 날도 그닥 멀지 않았다.

바뀌지 않는 것들도 있다. 호환 가능성을 앞세운 균질화와 표준화의 도도한 물길이 우리의 삶을, 몸을, 느낌과 생각과 말을 두부모처럼 매끈하게 분절시켜선 레고 조각들처럼 똑 떨어지게 짜맞추어 나가는데, 여전히 교환 불가능한 웅얼거림들, 호환 불가능한 헛소리들, 환원 불가능한 방언들이 내 안에서 내 밖에서 꿈틀거린다.

그렇다, 여전히 나는 나머지 공부하듯 시를 쓴다——어쩌면 아예 오지 않을지도 모를 당신을 위해.

2003년 10월
심재상

차례

▨ 시인의 말

제1부
꿈속의 누군가가 꿈밖의 내게

푸가

모든 산은 바다의 아들이라서
봉분 날아간 무덤 속에서
무덤 같은 그녀의 젖가슴에서
그녀의 젖가슴을 닮은 대관령 말랑에서
소금기 배어 있는 조개껍질과 만난다
만나고 또 만난다 넌 도돌이표다

처음부터 넌 거기 있었다

빈 터

난데없는 봉창 하나가
봉창에 걸린 초생달 하나가
바람벽이 끌어안은 그림 하나가
목낫같이 굽은 산길 하나가 길 위의
중늙은이 사내 하나가 사내가 떠메고 가는 지게 하나가
지게 위의 나뭇단 나뭇단 위의 진달래 진달래 위의 호
랑나비
한 줌도 안 되는 핏덩이가 나아갑니다 피눈물로 범벅
이 된 세상 속으로
가뭇없이 사라집니다 아닌 밤중의 홍두깨처럼

햇살보다 환한 그늘이 눈 아픕니다

꽃잎 하나를 딛고 서서
── 이성선 시인의 빈소에 다녀와서

　내가 잠이 들었던 것일까 그새 내가 꿈을 꾼 것일까 수염 같은 소맷자락 휘날리며 꿈속의 누군가가 꿈밖의 내게 한 송이 당신의 밤을 건넨 것일까 그렇게 내가 엉겁결에 받아든 당신의 어질머리 삶이 아찔한 향기로 벙그는 것일까 본디 당신의 밤이 이토록 환한 것일까 정말 당신의 달빛이 혼자 힘으로 내 방문을 열어젖힌 것일까 본디 내 문밖이 안개밭이었을까 애당초 끝이 보이지 않는 유채밭이었을까 피할수록 다가오는 당신의 눈짓 그 은근한 부추김이었을까 그렇게 꿈밖의 내가 꿈속의 잎 하나를 떼어 허공에 던지고 바들바들 그 잎을 딛고 서서 또 저만치 잎 하나를 던지라는 것일까

　　한 송이의 죽음에 꽃잎이 이토록 많으니
　　붇는 밤길 이 밤을 도와 나 참 멀리도 가겠네

국화 향기는 날아오르고

관	6부	66,000
	6부특	71,500
	1.0 향나무	231,000
	1.5 향나무	275,000
	1.0 오동나무	297,000
	1.5 오동나무	407,000
횡대	1.0	38,500
	1.5	49,500
수의	육수평수의	66,000
	육수가진수의	99,000
	진마가진수의	198,000
	특순창수의	495,000
	안동대용수의	627,000
	진삼베수의	847,000
세포맷베		55,000
결관바		2,200
공포		2,200
관보		7,700
운아		600
습신		1,700
칠성판		3,300

오가는 발길에 짓뭉개진 국화꽃잎들
푸른 진물로 뒤덮인 강파른 계단 입구에
쪼그리고 앉은 한 움큼 아침 햇살,
안주도 없이 연신 종이컵에 소주를 따라 마시는
중년 사내, 떨리는 손 후들대는 무릎 곁에서
옹알거리며 동화책을 읽고 있는 어린 소녀,
그 윤기 자르르한 검은 머리채 위로

대설주의보

바람 부는 게 심상치 않아요. 구름이 지워버린 대관령 엔 벌써 눈발이 분분하겠죠. 이 마음, 나직하게 눈 내리 깔고, 무슨 생각? 쑥대궁처럼 시린 무릎을 세워 껴안고 앉아 있다는 게 열없군요. 그것도 가만히 보듬어 안아줘 야 할 '삶의 비극적 감정'일 뿐이라고, 당신이 껴안기 좋 아하는 우나무노*가 나직하게 일러줬다지만, 위안이 안 되는군요. 꼬리를 흔들다 갑자기 달려드는 옆집 개처럼 털복숭이 일상은 건성으로도 쓰다듬기 어렵군요.

이 마음, 무겁게 눈 내리깔고, 무슨 생각? 거기도 바 람 부나요? 가만히 무릎이 시려오나요? 당신의 일상, 그 윤기 나는 머리채도 자주 바람에 헝클어지나요? 거 추장스러운가요? 안쓰러운가요? 당신이, 자꾸만 당신 을 닮아가는 내가? 멀리서 날려오는 가늘디가는 저 눈 발처럼? 뒤늦게 마른 가지 마른 대궁에 벙글어 있을 꽝 꽝한 눈물꽃처럼?

* 우나무노Miguel de Unamuno(1864~1936): 에스파냐의 철학자 · 시인 · 소설가.

러브 스토리
─ 팍스 아메리카나

네가 펼쳐놓은 이불 위에서
나 홀로 춤춘다네 뛰고 달리고
미끄러진다네 눈 그쳐 더욱 싱그런
센트럴파크의 스케이팅 왈츠
이제 내겐 주차장도 없고
이제 내겐 브레이크도 없다네
가파른 이 길이 하늘에 닿고
곧추선 아침이 핏빛 저녁에 닿아
네 몸이 밝혀놓은 휘황한 침묵
그 안에 넌 이미 간 곳 없다네

눈사람

사람들이 내 머리를 눈 위에 굴린다
사람들이 내 몸뚱이를 눈 위에 굴린다
휑한 광장 한복판에 날 달랑 세워놓고
콧등까지 헌 벙거지를 푸욱 씌워놓고
사람들이 딸꾹질을 하며 너털웃음을 짓는다
바짓가랑이를 툭툭 털고는 한잔들 하러 간다
이 겨울, 발 없는 마음은 어디 가서 한잔 하나
참새 쫓는 강아지 한 마리 얼씬 않는 나의 왕국
막무가내로 솟아오르는 해가 나는 무섭다

봄, 동해에서

그날, 댐에 가로막혀 파랗게 질려 있던 강물은

그날, 막힌 삶을 뽑아 올려 산자락에서 산허리로

막무가내로 산꼭대기로 너나 없는 허공으로

시퍼런 바늘방석을 펼치며 밀고 올라가던 잔솔들은

그날, 젖은 국화 곁에서 다소곳이 시들던 여우비는

그날, 자꾸만 주저앉는 목소리, 꺾어지는 허리를 추스려

솔아 솔아 푸른 솔아 우리 솔보다 더 푸르던 안인 바

다는

그날, 하얀 거품으로 떠돌던 너 잔잔한 모래알갱이로

가라앉던 너는 그날, 고요하게 안경을 닦아 쓰던 네

어머니는

그날, 백사장에 쪼그려 조개껍질을 주워 올리던 네 누

이는

그날, 대체 어디서 나타났을까 몸 가벼운 할미새처럼

폴짝폴짝 바위 사이를 건너뛰던 아이들, 그 알몸의 외

침들은

태양의 계절

쉽지 않구나, 온갖 새들 하늘에서 노래할 때
죽는 건, 혼자 죽는 건
——「Seasons in the Sun」에서

이 기막힌 시절에 대체 어쩌자고 당신은 죄 없는 새벽
마다 장의사 옆 간판도 없는 야식집에서 잔치국수 한 그
릇 달랑 시켜놓고 오지도 않을 눈먼 동방박사들을 두 눈
이 불어터지게 기다리고 앉아 있나 천정 가득 거꾸로 매
달린 굵은 물방울들 왕거미처럼 게걸음을 치며 몸피를
키우는데 내리꽂히는 작살을 피해 앉은자리에서 몸을
펄럭이는 모랫바닥의 가오리처럼

불면 1

내 밤은 바깥을 모르는 수평선, 둥글게 타오르는 바다 끝이에요 허공에 매달린 백열전구들도 백열전구들이 삼킨 하늘도 뜨겁디뜨거워요 내 몸은 점점 끓어오르는 수족관이에요 눈에 쌍심지를 켜고 밖에서 안으로 안에서 밖으로 다이빙을 해보고 자맥질을 해봐도 도무지 날 끌 수가 없어요 머릿속을 까뒤집어도 스위치를 찾을 수가 없어요 내 밤은 죽음을 모르는 빛의 무덤, 그 어디에도 그림자가 없어요 당신이 없어요

불면 2
── 아이맥스 극장

두 눈 질끈 감고 이 세상을 만들었지
대지인 동시에 뿌리인 나
질료인 동시에 형상인 나
게놈인 동시에 사이보그인
나, 이레 만에 눈을 떴을 때
구김도 주름도 없는 한 필 옥양목
바깥이라곤 없이 펼쳐져 있었지
보기에 좋았지

눈 감았다 뜨는 사이
검은 머리 백발이 되었지

되새김위

1

질기고 억센 잡풀들을 뜯어 먹고 사는 덩치 큰 짐승들은 필경 위가 여러 개다. 눈 지긋이 감고 앉아 씹고 또 씹고 삭히고 또 삭혀야 할 슬픔이 있기 때문이다. 아무리 그렇더라도 말뚝에 묶인 염소처럼 평생 도회적 삶의 언저리를 맴돌던 봉두난발의 시인 이상은 대체 어쩌자고 그날 뜨겁디뜨거운 매미 소리를 되새김질하는 황소의 권태, 그 살 두터운 혓바닥을 보게 된 걸까?

옆으로 누운 여인들의 허리선을 빼어 닮은 길고 부드러운 구릉들 너머 지글대는 지평선을 망원렌즈로, 좀 길다싶게, 그리곤 모래바람을 핥으며 입맛을 다시는 낙타를 짧게 클로즈업, 블라인드처럼 드리워진 길고 뻣뻣한 속눈썹을 화면 가득 클로즈업, 화면을 정지시키고, 고딕으로, "너무 멀리 보는 낙타는 멀리 못 갑니다."

20년 전이던가 10년 전이던가, 문득 자신을 낙타로 만들어버린 이 땅의 시인들이 질근질근 제 혓바닥을 씹으며 줄지어 반도를 가로지르던 시절이 있었다. 아득한 사막-신기루의 지평선 위에서 크고 작은 시인-낙타들이 단 하나의 권태-양식을 온갖 방언으로 직접 인용하던 시절이 있었다. 뱉어도 뱉어도 우리의 입 안을 그득 채워주는 은총의 모래알들이 있었다. 그제였던가 어제였던가, 모래바람보다도 뜨겁게 우리의 가슴속을 휩쓸고 지나가던 "아직도 그대는 내 사랑," 노래방에만 가면 부르고 싶다, 아직도

2

해 지는 나라 그 주름살 깊은 대륙의 어스름 속에서 징그러운 온갖 문신 온몸에 새기고도 모자라 아들의 팔뚝에 며느리의 등판에 불멸의 용을 불사의 새를 나누어주는 키 작은 할아버지를 보셨나요. 카메라를 향해 화안하게 웃으며 그 할아버지가 보여주던 새하얀 발바닥을 보셨나요. 어때요, 당신에게도 하나

해 뜨는 나라 그 어슴푸레한 여명을 머금은 우리의 잉

잉대는 머릿속을 거침없이 헤집고 다니는 문신 새겨진 팔뚝들을 보셨나요. 여전히 의리에만 살고 의리에만 죽는 나이트클럽의 가슴 두꺼운 신사들을 보셨나요. 멀리서 싱긋이 웃는 검은 싱글들을 보셨나요. 카메라를 향해 돌진해오는 살 두터운 손바닥을 보셨나요. 꺼지라는데 자꾸만, 이걸 그냥 확

망각은 나의 힘

몸이 보배
몸이 웬수라서

그날 그 길모퉁이, 가파른 계단 끝에 벌집처럼 매달려
있던
찻집 이름이, 잉잉대던 음악 소리 혀끝에서 뱅뱅 돌던
노래 제목이
인파에 떠밀려 물먹은 침묵에 떠밀려 우리 빨려들어
간 어두운 극장
가짜 보석처럼 반짝이며 죽어가던 여주인공 이름이
그토록 유명했던 여배우 이름이, 그래 이젠 정말 끝
이야,
날 선 바짓단으로 갈라섰다 구깃구깃 돌아설 때마다
털도 없는 우리 가슴에 아로새겨졌던 그 억센 문신들
이
멍당구들이, 씹을 수도 없어 그냥 삼켜버린 딱딱한 기
억의 덩어리들이
세월이여, 캄캄한 되새김질로 잘게 부서지고 으깨지
고 문드러져
드디어 불면 날아갈 몇 방울의 가을 이슬로 내 혈관

속을 떠도는
　헛소문이여, 손끝 시린 날 겁 많은 마음은 저 혼자 궁
글리며 데워져
　타오르는 눈길로 네 길을 사르니, 탯줄처럼 끊어진 길
위에서

　어거지로 눈을 닫으면 옳다구나 귀가 열리고
　막무가내로 귀를 막으면 얼씨구나 입이 열린다

나의 아라비안 나이트 1

뭐 특별히 잡히는 건 없네요 세면대 위에 허리를 굽힌 채 내 허전한 옆구리에서 뽑은 허여멀건 손에 거듭 비누칠을 하면서 쫀쫀하게 씻어내면서 심드렁하게 의사는 말했지 별 이상 없습니다 단지 저혈압인데다가 손발이 너무 차니까 담배를 줄이시는 대신 반주 삼아 술을 조금씩

좋겠지 오늘처럼 가을비 으슬대는 저녁답 아무리 더듬어도 달아오르지 않는 맹숭맹숭한 추억 그 써늘한 손끝을 거머쥐고 가물대는 기억을 등불 삼아 어디 한번 찾아가 보는 것도 망각 그 불멸의 자궁 속에 누가 볼세라 은현잉크로 조그맣게 새겨져 있을 몇몇 여자 이름들 귓볼을 어지럽히던 나직한 한숨들 벙어리 장갑 안에서 꼼지락대던 손가락들

정말 좋겠지 속이 훤히 들여다보이는 내 시시한 병력(病歷) 너머로 멀쩡한 두 눈이 마음의 길섶 자꾸만 어지럽히니 좋겠지 이젠 정말 한번 가보는 것도 제 손으로 제 눈 가리고 시간의 폭포를 거슬러 올라가는 마르자나* 처럼 눈 질끈 감고 그대를 찾아

* 『아라비안 나이트』의 「알리바바와 40인의 도둑」에 나오는 총명한 여인.

나의 아라비안 나이트 2

내 안이 너무 어두워
등피를 닦듯 내 몸을 닦습니다

내 거친 입김의 온기만으로도
세상이 흐릿해졌다, 다시 맑아집니다

뭐든 분부만 내리십시오, 주인님
내 앞에 나타난 형형한 그림자, 당신이

깊숙이 허리 굽혀 내게 절합니다

나의 아라비안 나이트 3

칼날 위를 달리는 발끝
소리 없이 당신이 오셨죠

딱 한 번 제풀에
촛불이 일렁였죠

날 선 침묵으로
스르르 열리는 가슴으로

젖꼭지를 물어야 잠드는 아이
입맛 다시며 칭얼대는 아이

살짝 날이 넘은 노래로
닫히다 마는 가슴으로

딱 한 번 제풀에
문풍지가 울었죠

눈 위를 내달리는 달빛
자취 없이 당신이 가셨죠

끝내 당신은

우리, 들뛰는 식욕의 옷매무새를 매끈하게 가다듬을
수 있게

우리, 괴어오르는 침만으로도 굳은 빵 껍질을 흠뻑 적
실 수 있게

식어가는 식탁 앞에서 우리, 모락모락 인내심을 뜸들
일 수 있게

마침내 우리, 수치와 죄스러움만으로도 남산만 하게
배불릴 수 있게

간접 조명
── 숨은 신

보이지 않는 게 당신의 원칙
눈에 띄지 않는 게 당신의 미덕
당신, 그저 머릿속이 화안할 뿐
당신, 그냥 온 입 안이 화아할 뿐
괜히 기분 좋은걸, 미친놈처럼
혼자 중얼거리게 만드는 당신
숙취의 뻐근함도 회한의 속쓰림도 없는
순도 100퍼센트의 새 아침을 배달해주는
당신, 당신, 당신, 당신, 내 당신

게릴라성 폭우

벌써 사흘째 꼴딱 샜어 새벽마다 이 동네 저 동네 몰려다니며 동이로 쏟아 붓는 저 환장할 게릴라가 정말 사람 미치게 만드는구만 누가 뭐래도 저게 진짜 시사고 진짜 풍자야 정말 정치적이잖아 인과응보인가 권선징악인가 하는 눅눅한 잠꼬대들도 구조 개혁인가 새 질선가 하는 보송보송한 헛소리들도 하룻밤 새 싸악 쓸어내버리고 고통에 고통을 슬픔에 슬픔을 상처에 상처를 환멸에 환멸을 막무가내로 포개어 쌓고 있잖아 잠이 안 오지 도무지 종잡을 수 없는 우리 시대의 묵시록이 바로 저건데

당신과 함께

막이 오르는 순간
화면 가득 피어오르는
드라이아이스 땀에 젖어 눈물에 젖어
한없이 투명해지는 이 몸부림
이 모든 극적인 만남을 당신과 함께

마개를 열기 무섭게
바닥을 박차고 솟아오르는
해맑은 기포들 불끈 넘쳐 올랐다
깨끗하게 사그라드는 이 개운함
이 모든 뒤끝 없는 껴안음을 당신과 함께

콩알만 하게 팥알만 하게 오그라든 간
습관성 소화불량 만성 위궤양
언제나 신경 쓰이는 신경성 대장염
새벽 세 시면 칼같이 찾아오는 편두통
이 모든 육탄의 알람을 당신과 함께

건널목에서 다시 건널목에서
자궁처럼 비좁은 지하도 입구에서

터질 듯 벙글 듯 전철 속에서
다져지고 으깨지는 순도 99퍼센트의 육체 노동
이 모든 출산의 진통을 당신과 함께

바람 불어도 날아가지 않고
동잇물을 부어도 씻기지 않는
최루꽃 갈 봄 여름 없이 지천으로 피어나
관자놀이를 뻐개는 도끼날 같은 침묵들
이 모든 망각의 영원회귀를 당신과 함께

그대는 아는가 저 동쪽 나라를

여기가 어딘고 대체 여기가 어디길래 이 지둥치는 바람이
펄펄 끓는 바다가 줄줄이 시든 해당화가 널브러진 모래사장이
솟구쳐오르는 척 피시식 꺼져버리는 싸구려 폭죽들이
잠시 밝혀지다 마는 절망이 절망보다 시들한 희망이
잔뿌리 하나 없는 감자 줄기 고구마 줄기가 대관절
여기가 어디길래 제 젊음을 이기지 못한 청춘들이
벌건 대낮에 여관에서 뒹굴고 보도블록 위에 나뒹굴고
머리를 염색한 고등학생들 뇌수를 염색한 대학생들이
호루라기에 쫓기고 구둣발에 채여 함지를 둘러엎는
중앙시장 앞 난전의 촌할머이들이 주인 잃은 리어카
포장마차가
대체 여기가 어디길래 큰길보다 더 빤질빤질한 골목길이
앞마당보다 더 흥청대는 넓디넓은 뒤뜰이 걸핏하면
휘파람 대신 호루라기를 불어대는 뻔한 인생들이 대체
어쩌자고 이 불야성에서 이토록 일사불란한 헤맴들이

꿀과 젖이, 7년 전 봄에도

짓자 했었지 불면 날아갈 듯한 집 한 채
오호오호 솔잎 사이로 흐르는 대관령 바람에 헹구고
우하하하 은비늘로 뒤집히는 소금강 물소리로 두드려
푸우푸우 허공에 뿜어올려 신명나게 한 번만
딱 한 번만 두두두두 막무가내로 아스팔트를 까뒤집는
굴착기 위로 상수도 공사 중 하수도 공사 중 전화 공사 중
사흘돌이로 지축을 뒤흔드는 강도 6.3의 경기부양책
위로
　한 번만 더 자신에게 속아보자 했었지 새벽 세 시의
야식집에서
　밤기운에 파르르 떠는 솔이파리 보이지 않는 모세혈
관을 찾아
　함몰된 젖가슴 도시적 서정을 찾아 콧날 상큼한 새 애
인을 찾아
　손가락 사이로 흘러내리는 밤바람 새벽의 모래 언덕
처럼 푸르러
　더 늦기 전에 몸 풀자 했었지 너무 늦기 전에 살 풀자
했었지
　돌아눕는 것도 버거운 이 만삭의 땅 위에서 우리
　따악 한 번만 더 감자수제비처럼 풀어져보자 했었지

당신의 차도 휴식이 필요합니다

　헐떡이며 가파른 오르막길을 기어올라온 관광버스들
이 줄줄이 휴게소로 들어온다. 그늘 한 점 없는 마당 한
복판 펄펄 끓는 콘크리트 위에서 그만, 혼절해버린다.
그러거나 말거나 차 안의 좁은 통로에 몰려나와 팔뚝을
걷어붙인 채 경중경중 뛰고 있는 중년의 아낙네들. 대체
무슨 힘이 닫힌 차창을 꿰뚫고

　　빤짝, 빤짝, 이느은 희미이한 기어억 속에

　　한번 보라니까 저 아래
　　8월의 햇살 폭포처럼 쏟아져내리는
　　막무가내의 오르막길 저속 차선도 없는
　　속수무책의 내리막길 이날 이때껏
　　칡넝쿨이 되어 호박덩굴이 되어
　　휘감으며 매달리며 기어온 내 인생
　　용서 못해 절대로 용서 못해

　　이날 이때껏
　　그 무슨 낙으로
　　그 무슨 열병으로

38

염병할

말해보라니까 대체 무슨 수로
오늘 미소 지을 줄도 모르는 당신이
내일 앞산이 출렁이게 웃을 수 있겠냐구

만날 수 없어도 잊지는 말아욧
당신을 사랑했어욧

모래시계

1

당신이 곧 시간입니다. 당신은 오로지 사용해야 할 시간, 소모하고 탕진해야 할 자신의 시간일 뿐입니다. 오늘도 꽉 찬 일정이 당신을 기다리고 있지 않습니까? 그러므로 당신의 삶은 나의 것입니다. 이제 나 말고는 당신의 소중한 약속 시간을 보장해줄 수 있는 길이 이 세상 어디에도 없기 때문입니다. 가파른 지하계단들, 구간과 구간을 균질하게 분절/접속시켜줄 길고 구불구불한 연결통로들은 모두가 당신이 하루치의 건강을 유지하는 데 필요한 최소한의 보행거리를 제공해줄 수 있도록 주도면밀하게 설계된 것들입니다. 나를 믿으십시오. 시작이 절반 천리 길도 한 걸음부터, 뚜욱, 열차가 들어오고 있습니다. 안전선 밖으로 따악 한 발짝만 물러서 주십시오.

2

톨게이트 입구, 입체교차로 입구, 지하도 입구마다,

천국의 입구, 현기증의 입구, 약속의 입구마다 둘씩 셋씩 못질되어 있는 푸르른 전경들, 무료한 시간들, 멈춰선 인생들, 그 곁에 물구나무 서 있는 거대한 맥주병, 언제나 목말라 슬픈 짐승이여, 제지당하며 등 떠밀리며 한 방울 또 한 방울 더디게 떨어지는 5% 포도당, 그래도 어지럽다? 대체 며칠이나 굶으신 거요? 속도를 쬐끔만 더 줄여보죠, 가만, 움직이지 마시구요, 꼼지락대지 마시라니깐요, 당신은 거꾸로 서 있는 모래탑이라구요, 아 글쎄, 의사 선생님 말씀은 잘 알아듣겠는데 말입니다, 저기 저거 말예요, 저건 대체 어떻게 된 겁니까? 아니, 저기가 우리가 흘러내려 채워야 할 약속의 땅이란 말입니까? 땅의 약속이 두더지처럼 우리의 발밑만 파들어 온단 말입니까?

보이지 않는 호수들

7번 국도를 잘 아시누만? 오호, 강릉경실련이 만든 「동해안 호수 환경 지도」를 나침반 삼아 통일전망대에서 호산까지 휘파람을 불며 걸었던 적도 있으시다? 화진호, 송지호, 봉포호, 광포호, 영랑호, 청초호, 매호, 향호, 경포호, 풍호, 이름도 각각이고 맵시도 각각인 그 크고 작은 호수들을 싸그리 다 만나 보셨구만? 그러니까 이 길 언저리에만 공식적으로 열 개나 되는 자연 호수가 있는 셈인데, 하나같이 우리가 거덜을 내놓았다, 뭐 이런 얘기요? 아니 근데, '공식적으로'는 이라니?

그러니까 '학술적으로'는 두 개의 호수가 더 있다, 이거요? 볼 수도 없고 만질 수도 없어서 여태 우리가 끝장을 내놓을 수 없었던 호수들이? 거 참 맹랑한 소리구만. 오늘 내가 엽총을 들고 종일 휘삶아친 갈대밭이 어쩌면 그 호수의 숫기 없는 얼굴을 흐드러지게 덮어 가리고 있는 머리채였는지도 모른다? 장딴지까지 차오르던 늪이 실은 낮게 드러누운 그 호수의 몰캉몰캉한 젖가슴이었을 수도 있고? 뭐요? 아직 우리한텐 그 호수들을 볼 수 있는 길이 없다고? 나 이거야, 아니 근데, 방금 '아직'이라고 했소?

선생은 그 길을 알고 계시누만? 엥? 우리가 저 호수
들한테 예전의 해사한 얼굴을 고스란히 되돌려 주는 날
그 두 개의 호수가 정말 이 7번 국도변 어디쯤에서 신기
루처럼 모습을 드러낼 거다. 그래서 저 호수가 흐릿한
시선 핏발 선 눈길로 하나같이 눈 뜬 장님들인 우릴, 근
데 말요,

바람, 보이지 않아서

세상 끝에 가 보지 않아도
빈 들에 가 보지 않아도

눈 나린다 눈이
눈이 쌓인다
가벼운 눈도 쌓이면

먼지 날린다 먼지
먼지가 쌓인다
떠돌던 먼지도 쌓이면

꿈 내린다 꿈이
꿈이 쌓인다
날아오르던 꿈도 쌓이면

소문 내린다 소문
소문이 쌓인다
흩어지던 소문도 쌓이면

종점까지 가지 않아도

초읽기에 몰리지 않아도

아포칼립스 나우

맙소사! 다, 당신도 하, 한번 생각해보라니까, 어, 어
느 날 저 산 너머 바다 건너에서 우, 우리 얼굴 한번 마
주친 적도 없는 사람들이 오, 오후 두 시의 몽롱한 식곤
증에 짓눌리다 못해 늘어지게 기지개나 하, 한번 켜보는
심사로 저 멀쩡한 하늘에 큼직한 송이버섯 하, 하, 하나
만 피워 올리는 날엔

손도 얼굴도 없는 당신이

드디어! 저 윗마을 안골에서도 온천수를 찾아냈대요
구렁이알 같은 주말을 길 위에서 식은 도시락으로 까먹
는 것도 이젠 끝이라니까요 토요일 저녁마다 뜨거운 유
황수에 온몸을 푸욱 담근 다음 지그시 눈을 감고 콧노래
하듯 하나 두울 셋 그저 구백아흔아홉까지만 세어나가
면 당신 그 지긋지긋한 술독 담배독도

맛도 냄새도 없는 당신이

기어이! 나 돌아간다, 졸지에 당신들에게 끌려나와
뺑뺑이 돌고 돌다 맥없이 방면된 이 무거운 몸을 이끌

고, 그래, 불어터진 이 손으로 다시 캄캄하게 온 길을 더
듬어 저 아래 어두운 나의 거처로, 그래, 나 이제 하염없
이 되돌아간다, 경황없는 당신들, 뚫을 줄만 알았지 닫
는 걸 잊어버린 크고 작은 구멍들, 들판에 계곡에 산기
슭에 지천으로 널려 있으니, 행인지 불행인지

　　벌써 우리 안에 와 계신 당신이

목련 그늘

널 안다 달 그림자 짙은 밤마다 소리 없이 담을 넘어 와 목련 그늘에 스며드는 네 나직한 욕망을 안다 입에 문 칼날의 번득임을 지우는 네 눈빛을 안다 내 방의 불이 꺼지기를 기다리는 네 몸의 깊이를 안다 바람이 자고 차 한 잔 마실 시간이 지나고 차 두 잔 마실 시간이 지나도 식지 않는 목련 향기 미동도 않는 목련 그늘 그렇게 지지듯 무릎 시린 아침이 오고 그 사이 내 넘었던 것 같기도 하고 아닌 것 같기도 한 잠의 문지방에 이슬로 맺힌 목련 꽃잎 하나, 순간이 영원을 껴안고 빛이 어둠과 살을 섞는 그 어디쯤 네가 다시 소리 없이 담을 넘어갔다는 걸 안다 그래 나도 알고 있다 한번도 문밖에 나가 본 적이 없는 내가 언젠가 맨발로 네 그늘 속으로 걸어 들어가고 말리라는 걸 그 모든 걸 처음부터 네가 알고 있었다는 걸

개꿈

당신을 찾아가기로 결심한다.

말씀이 곧 행동이라, 펄펄 끓던 내 결심은 이미 구제 불능의 과거지사, 그러나 이 호방한 시대 언저리에서 나 같이 소심한 사내가 거듭 다시 결심하며 살아야 한다는 것 자체도 이미 하나의 은총일 테니, 거듭되는 가벼운 결심들은 이 몸을 시대적 삶의 개연성에 무한 수렴시켜 줄 터, 끝내 나는 깃털처럼 행복해질 터, 내 결심 또한 영원할 지어다. 그러니 부디 날 기억해주시길, 이 몸 비록 모든 문들 저절로 열리고 저절로 닫히는 발랑 까진 시대 귀퉁이에서 식은 죽 같은 청춘을 삭이고 앉아 밍그 적거려왔을 망정 어찌 일시적 영달을 위해 뒤늦게 당신 을 찾아가기로 맘먹었으리요

당신, 이 텅 빈 비가역반응의 즐거움 잘도 참아내는 근엄한 당신, 이 몸 꼬리 끝까지 당신을 닮아가기로 단 단히 결심한다.

제2부

미모사처럼 닫히는 당신의 손안엔

여름, 동해에서

연인의 몸을 더듬듯
어둠의 속살을 만져보세요
꿈의 꿈, 그 단단한 뿌리를
한번 보시라구요 저기 바로 저기

뜨거운 모래로
뜨거운 고요로
당신이 모래찜질시킬 당신의 비명
짐짓 가위눌리는 그 은근한 기쁨

연이은 밤샘으로 입술이 부르튼 당신이
등가죽이 벗겨지는 왕국을 향해 포복해올 때

만삭이 된 당신의 하루는
기댈 곳 없는 수평선으로 드러눕고 미동도 않고

맹목이 떵떵거리는 소리
무한의 절반이 완성되는 소리

뜨거운 눈길로

뜨거운 꿈길로

자신의 몸을 더듬듯
거울 속의 세계를 만져보세요
소리의 침묵, 그 휘황한 가지들을
한번 보시라구요 저기 바로 저기

월드 와이드 웹
─大道無門

무슨 일이 있어도 어른일랑 되지 말아야지
맘먹은 사람 제 인생 위에 주저앉아 드러누워버린 사람
혹은 어른이 되는 것이 아예 법으로 금지되어 있는
망할 놈의 나라에 살고 있는 사람들일랑
몽땅 도로 나가주세욧! 이곳에서 당신은
벌거벗은 자신의 삶에 상처받을 수도 있습니다.

열려라 들깨!
열려라 도리깨!
열려라 홍두깨!
열려라……
남사스럽게, 돌아서려는 순간
스르릉 바윗돌이 좌우로 갈라져

잘 오셨습니다, 이제부터 당신은
임자 없는 나라의 주인 같은 손님입니다
그린벨트도 없는 저 가이없는 들판 전체가
당신 것입니다 이젠 정말 당신도 알몸뚱이로
저 부드러운 구릉 위를 뒹굴 수 있습니다
바람보다 빠르게 내달릴 수 있습니다

우주는 둥그니까 자꾸자꾸 나가면
당신도 자신의 출발점으로 되돌아갈 수 있습니다

　　여름날 마당 한복판에서
　　제 꼬리 물려고 맴도는 강아지
　　강아지 강아지 복슬강아지

당신의 '정체'를 밝히십시오.

카산드라*를 위하여
― 립싱크 랩소디 1

널 세상 한가운데 세워줄 거야
네게 반짝이는 새 이름을 지어주고
네게 송편 같은 새 얼굴을 빚어주고
네게 박하향 미소를 복제해줄 거야
걸음걸이 춤사위 엽기적인 말솜씨까지
따끈따끈한 새 버전으로 심어줄 거야
망사 커튼처럼 휘날리는 금빛 머리채
테 굵은 선글라스에 헤드 마이크를 씌워
폭포수 같은 불빛 아래 널 세울 거야
네 이름을 부르며 울부짖는 세상
네 얼굴을 향해 달려드는 세상
널 위해 살고 널 위해 죽는 세상
정말 그런 세상을 만들어줄 거야

네 혀만 잘라내어 내게 건네주면

* 카산드라: 꿈에 나타난 신으로부터 앞날을 내다볼 수 있는 예지적 통찰력
  을 허락받은 대신, 말의 힘 즉 설득력을 빼앗겨버린 트로이 왕국의 비극
  적인 왕녀.

황홀한 유혹
— 립싱크 랩소디 2

산불로 산불을 휘어잡듯이
맞바람으로 바람을 잠재우듯이
고함소리로 비명소리를 지워버리듯이
새 버전의 쩍 벌어진 상처로
옛 버전의 아련한 통증을

　　덮어쓰듯이
　　덧칠하듯이
　　떡칠하듯이

저를 당신 인생의 기본 프로그램으로 등록하시겠어
요?

출구
── 립싱크 랩소디 3

빨래집게로 세운 코
대패로 다듬어낸 턱
한 땀 한 땀 감침질한 눈등
물주머니로 살짝 부풀린 가슴
거침없는 발길로 검색대를 지나
검은 머리 출렁이며 당신이
더없이 낯익은 이미지로
낯설게 낯설게 내게 온다
거침없는 손길로 빙글,
날 회전문으로 만들어
빙글, 올 때처럼 간다

天地不仁 以萬物爲芻狗.*

* 『노자』 제5장 「허용(虛用)」 편에 나오는 구절. '추구(芻狗)'는 풀을 엮어
만든 제의용(祭儀用) 강아지.

시는 춤춘다
─ 립싱크 랩소디 4

관광버스 음주가무 일제단속
원주경찰서

춤엔 본디 목적지가 없대요
춤추는 당신은 어디로도 갈 수 없대요
바람은 저기서 불어오다 말고
우린 여기서 펄럭이다 만대요
발레린가 발바린가 하는 바람개비가
아이 참, 당신도 다 아시면서

나는 침묵한다, 고로 나는 존재한다
─ 립싱크 랩소디 5

전화가 옵니다
리모컨으로 소리를 죽입니다

화면 왼쪽 하단에 **조용히**
붉은 고딕체로 선연하게 떠오릅니다

나야 오늘도 늦을 거야 먼저 자
제발 칼날을 세워 물고 앉아 있지 좀

가만히 수화기를 놓고
토요일 밤의 열기를 봅니다

핏발 선 카메라 고발을 보고
불어터진 마감뉴스를 봅니다

조용히
화면 가득 태극기가 펄럭입니다

빗방울 전주곡
─ 립싱크 랩소디 6

　잠자리떼의 저공 비행이 점점 더 격렬해집니다 그 아우성에 맞불이라도 지피듯 작은 물고기들이 입을 벙긋대며 수면으로 솟구칩니다. 수백 송이의 물꽃들이 폭죽처럼 피어났다 폭죽처럼 스러집니다. 부서지고 또 부서지면서도 수면은 무섭게 고요합니다. 서 있을 수도 앉아버릴 수도 없는 이 북받침이 나의 시작이고 나의 끝입니다.

가도 가도 난데없는
── 립싱크 랩소디 7

    목련 꽃잎 자지러지는 4월인데 난데없는 가루눈 퍼붓고 홀린 듯 눈을 감으면 누군가 나는 누군가 나도 모르게 어둠의 혀를 질끈 깨물면 말을 빼앗긴 얼굴 하나 가루처럼 허공에 흩어진다 정녕 난데없는 눈밭인데 이건 또 누군가 내 앞에서 무릎이 푹푹 빠지게 걷고 또 걷는 당신은 대체 누군가 눈 내리깔고 걸어도 자꾸만 낯간지러운 4월인데 해마다 불어대는 흙바람인데 날렵한 삶은 굼뜬 죽음을 여전히 따돌리지 못하고 가도 가도 낯익은 모래밭인데 누군가 이제 우린 누군가 얼굴을 빼앗긴 몸뚱이 하나 복날의 아이스크림처럼 녹아내리는데 쇳물처럼 빠른 죽음은 녹물처럼 느린 삶을 도무지 따라잡지 못하고 가도 가도 4월 끝끝내 흙바람 이는 텃밭인데

종이꽃
— 립싱크 랩소디 8

    숯가마처럼 생긴 찜질방에 해면체로 누워 있었지 그
만 잠들었었지 어디선가 물속 같은 꿈이 왔었지 저쪽에
해사한 해파리 하나 올 듯 말 듯 너울대고 있었지 자세
히 보면 양면 코팅된 당신의 얼굴이었지 질척대는 건 싫
어 뽀송뽀송하게 살 거야 당신의 미소가 종이꽃으로 부
서졌지 눈을 떴을 땐 내 혀가 없었지 마른 꽃향기만 입
안에 그득했지

강강수월래
── 립싱크 랩소디 9

덕지덕지 벽보로 처발라진 벽을 따라 간다
옆구리에 벽을 끼고 간다 벽 사이에 낑겨 간다

당신과 나 사이엔 무엇이 있나
문 뒤의 신비처럼 당신의 눈 출렁이고
문 앞의 헛것처럼 당신의 웃음 회오리쳐도
애초부터 없었던 문고리야 낸들
잘려나가고 없는 내 손이야 낸들

저기, 말더듬이 날 보듬어 안고 당신이 간다
안팎곱사등이 날 들쳐 업고 또 당신이 간다

환영
── 립싱크 랩소디 10

말해줘요, 도대체 지금 어디 있는 거야
그날 당신 목소리 불현듯 내게 왔을 때
나 정말 빈집의 우물처럼 울부짖던가요

술 한 모금 입에 물고 하늘 한번 쳐다보고
또 한 모금 입에 물고 구름 한번 쳐다보고
혼자 헤헤 웃고 혼자 엉엉 울던가요 제발

말해줘요, 별 하나 나 하나 별 둘 나 하나
화염처럼 하늘을 그을리는 배신의 노래들
나 정말 머리카락으로 곤두서서 타오르던가요

다시 강가에서
─ 립싱크 랩소디 11

소리 지르며 강물 달아납니다
죽음이 낳은 알도
알이 낳은 왕도
왕이 낳은 법도
법이 낳은 칼도
칼이 낳은 때늦은 말도
자꾸 불어나는 강물
막지 못합니다
떠내려오는 잎새 하나
흘러가는 노랫가락 하나도
삼인칭으로 부를 수 없습니다

첫사랑
—— 립싱크 랩소디 12

건드리지 마
만지지 마
찝쩍대지 마
입질하지 마
나불대지 마
나발 불지 마
뻥튀기지 마

덧나면 큰일 나

슬픔이여 안녕
── 립싱크 랩소디 13

아기처럼 웃는 아빠들에게만 젖 물려주는 아으 가슴
이쁜 엄마들이여

오늘은 일요일 1

오늘은 일요일이었구요
종일 집에 있었구요

집 안 청소를 했구요
집 밖 청소도 했구요

볕이 뜨거웠구요
이마가 뜨거웠구요

온몸이 뜨거웠구요
마음도 뜨거웠구요

뭔가 절실했구요
종일 헛헛했구요

그렇게 저녁이 왔구요
참, 당신에게 전화했구요

일요일엔 혼자 아픈 당신
아픔의 들판에 혼자 드러눕는 당신

당신은 자신과 통화 중이었구요
거리엔 드문드문 취한 사람들

오늘은 일요일이었구요.

　대문 쪽 담 곁의 오죽 숲이 일을 저질렀죠. 지지난 해 초여름인가 갑자기 만만치 않아진 대순들의 기세에 밀린 아버님이 만사불여튼튼, 한나절의 깊은 삽질로 시멘트 판을 묻어 마지노선을 구축하셨건만 하룻밤 새 마당 잔디밭 여기저기에 새순들을 밀어 올려놓았거든요. 여린 바람에 온몸을 살랑대며 능청스레 서 있는 그 굵고 실한 순들 앞에서 망연자실, 입맛을 다시며 서 계시는 아버님을 담 밑에서 순하게 바라보던 우리 흰둥이가 이윽고 가만가만 꼬리를 흔들었죠…… 근데, 키가 3미터나 되는 그 순들은 대체 땅속 어디에 웅크리고 있다가 하룻밤 사이에 그렇게 불끈 솟아오른 걸까요?

오늘은 일요일 2

희한하다니까
평일에도
서 있고 싶은 데
우뚝 서 있는
전나무들
앉아 있음직한 곳
터억 앉아 있는
늙은 소나무들
누워도 좋을 자리
화안하게 누워 있는
향나무들
줄줄이 지나
휘익 휙
휘파람 불며
숨차게
노래 부르며
맨 꼭대기
바위 위로
난간 위로
허공으로

배낭 메고
각반 차고
지팡이 짚고
기를 쓰고
이 악물고
가는 우리들
오는 우리들
희한하다니까
일요일에도
있고 싶은 데
없는 우리들

대학축전 서곡

타악 탁
장갑 낀 손이 하나
유유히
어둠의 가지 꺾어
불 속으로
불 끈 불자동차
소리 없이 달려와
빙글빙글
춤추며 돌아갈 젊은이들
하나 또 하나
쓰러져 뒹굴 젊은이들
먼지 일지 않게
물 뿌린 운동장에서
투욱 툭
장갑 낀 손이 하나
어둠의 이파리 뜯어
어둠의 꽃송이 피워
어둠 속으로
어둠의 자궁 속으로
유유히

던져지는 젊음
봄물 오르듯
타오르는
캠프파이어

베티 블루, 37.2도

알고 보면
낯익은 얼굴
낯선 얼굴도
하나의 외침
눌어붙은 아우성
서슬이 퍼런 밤
머리카락 곤두세우고
잠드는
잠든 척 하는
하나의 불길
미친 불길
새벽 내내
자욱한 안개
살 타는 냄새

밥 타는 냄새
자욱한 연기
아침 내내
환하고 뜨거운
타다만 꿈들

홍건히 젖은 이불
알고 보면
모든 얼굴이
꺼져 가는
꺼진 척 하는
하나의 얼굴
똑같은 얼굴
멀쩡한 광기
알고 보면

어허 둥둥

이도 든든
위도 든든

지붕도 튼튼
담장도 튼튼

인도도 단단
차도도 단단

철책선도 탄탄
해안선도 탄탄

어허 둥둥
아롱지는 마음 깃들 곳 몰라

문 밖을 떠돌고
길 밖을 헤매네

정말 내가

평지 가듯
산길 갈 수 있을까

아름드리 전나무 눕히듯
출렁이는 고사리 눕히듯
널 재웠다가

쓰러진 삼나무 일으키듯
산불 일으키듯 눈사태 일으키듯
널 깨울 수 있을까

드러누운 아버지와 몸부림치는 아이를
정말 저 꼭대기까지 천근만근 이 노래로

시든 꽃

한 다발 은은한 꽃을 샀죠
끊어지고 베어진 길 눈에 띄지 않게
한 뼘씩 되찾으며 날 데려갈 향기
가위 같은 바람이 탯줄처럼 잘라내어
허공에 흩뿌렸죠 끝내 제방 위에 서서
장맛비로 불어난 검붉은 냇물 굽어보며
은현잉크처럼 더디게 울었죠 진양조로
방울지는 저녁답의 비릿한 바람 잦아들 때쯤
바다 쪽 구름이 깨끗이 쓸려 있었죠
텅 빈 내 몸이 꽃병이었죠 저 멀리
번쩍이는 길 하나 분수처럼 치솟아
당신의 하늘을 사루고 있었죠

아버지

가도 가도 낯익은 옛길이고
열고 또 열어도 어둑한 옛집이라

바랜 벽지를 뜯어내니
누렇게 얼룩진 꽃무늬 벽지
다시 그 벽지를 걷어내니
휑한 알몸의 흙바람벽
여기저기 못 박았던 자리들
구멍에 나무젓가락을 때려 박고
그 위에 다시 못질했던 자리들
바람벽이 쪽문으로 열리기도 전에
망치 소리로 날려온 풀씨들 마당을 덮어

메워도 메워도 우렁우렁한 한여름 우물이라
밟아도 밟아도 솟구치는 초겨울 서릿발이라

부레처럼 보름달처럼

언제나 눈부시단다 비 오는 날에도
휘황하게 해 뜬단다 동쪽에서 떠서
네가 있는 서쪽으로 간단다 진종일
흘러간단다 어디 향기 없이 혼자 한번
살아보자고 절망일랑 지우며 살아보자고
후둑후둑 곁가지 쳐버린 말들 캄캄하게
천둥 쳐도 여전히 눈부시단다 이제 이 에민
뼛속까지 환한 물고기란다 눈 먼 연어처럼
비만 오면 엉겁결에 마당으로 나간단다
빨랫줄에서 펄럭이는 속옷에도 물 한 바가지
꼬리치며 낑낑대는 얼룩이도 물 한 바가지
부레처럼 둥글기만 했던 나의 삶 비만 오면
칠흑 바다를 삼킨 보름달처럼 둥실 뜬단다

동방한계선

그래 당신은 절벽이 내게 던지는 눈웃음이야
벼랑을 안아도는 손끝의 힘으로 꽃을 밀어내는
자귀나무야 자꾸만 귓볼을 어지럽히는 뽀얀 솜털이야
보기만 해도 콧등 간지러워 계곡을 끼고 휘어돌다
재채기하듯 끊어져버릴 보드라운 흙길이야 자지러지듯
〈POINT OF NO RETURN〉
그 너머에 무엇이 있는지 우리 모르는 동안엔

미모사 1

    당신의 손을 닮은 폐곡선이 있지 그 손을 자주 닫히게
만드는 또 다른 손들 파르르한 정맥으로 우아하게 만났
다 은근하게 헤어지는 손들이 있지 말없는 힘의 언어와
말하지 않는 언어의 힘 그 현란한 손금들을 소리 내어
읽어낼 힘이 내겐 없지만 당신의 손을 닮은 우아한 폐곡
선엔 우리의 무의식적인 포옹을 넘어서는 격렬함이 있
지 모든 폐곡선 안엔 충동의 눈 먼 춤사위가 있지 미모
사처럼 닫히는 당신의 손안엔 날아오를 듯 날개를 접는
나비 한 마리 있지

미모사 2

　　당신의 손은 내 양떼구름을 가두는 거대한 울타리, 그러니 다시는 이별이 합리적이라고 말하지 말아요. 그건 7월의 소나기구름을 눅눅한 자기앞 수표로 바꾸는 일, 당신의 손이 하루의 어둠을 닫았다 열 때마다 내 새털구름의 고독이 하늘을 푸르게 멍들입니다.

미모사 3

　내 방언의 마디 굵은 손가락으로 당신의 골 깊은 등판
보들보들한 어깻죽지에 생채기 내지 않겠다고 다짐하고
또 다짐하던 밤의 야트막한 구릉들이 여럿 있었네 밤새
혼자 흥얼대며 비탈을 흘러내린 어둠은 새벽마다 낮은
자갈밭에 맑게 고였네 잠인지 물인지 너무 깊어 내 몸이
소금쟁이처럼 홀로 떠다니던 아침녘의 환한 방이 여럿
있었네

제3부
구름 그림자 발끝으로

행여, 해서
──천국보다 낯선

하아── 입김을 불어 당신의 안경알을 닦아 넣으려다
가, 잠시, 내 안경을 벗고 당신의 안경을 써봅니다. 어스
름한 눈길로 당신이 건너다 보았을 저 물속 같은 풍경
속엔 정말 내 자리가 없었던 걸까, 골똘히 바라보던 당
신의 눈이 이윽고 한번 깜박이는 사이, 그 몸바꿈의 너
른 들판 한귀퉁이에 나도 슬그머니 드러누울 수는 없었
던 걸까, 정말 이제 우리에겐 가파르게 되감아야 할 희
디흰 소금밭길만이 남은 것일까, 해서

노래, 어슴푸레한

빵 속처럼 부풀어오르는 이 내 말의 공기방울들,
밥물처럼 잦아드는 이 내 침묵의 거품들이.

널 생각하는 시간, 널 기다리는 시간, 내 텅 빈 두 눈
을 열어 네 아득한 시선을 부르고 내 마른 입술을 열어
네 젖은 입김을 맞아들이는 시간, 시린 두 손으로 네 몸
의 향기를 보듬어보는 시간, 그 어딘가 어스름을 향해
네 몸의 그림자를 열어가는 시간, 아니야 아니야 도리질
하는 시간, 아니라니깐 글쎄 나도 알아요 나도 알고 있
다니까 문-벽으로 닫히고 벽-문으로 열리는 시간, 자신
의 몸을 문벽/벽문으로 만들며 그 뒤로 거듭 네가 사라
지는 시간, 네가 사라져야 나도 스러질 수 있는 시간, 달
맞이꽃 흐드러진 냇가인가 해당화 자욱한 바닷가인가
우리 도깨비불로 거니는 시간, 한 줌 깃털의 무게로 드
러눕는 시간, 달빛으로 일렁이는 시간, 별빛으로 깜박이
는 시간, 느리게 아주 느리게 저만치 침묵이 혼자 춤추
는 시간, 그냥 있는 시간, 그냥 없는 시간, 새벽녘 모기
소리로 목탁 소리로 자동차 시동 소리로 불현듯 깨어나
는 시간, 해변을 휘감으며 산기슭을 휘어잡으며 점점 더
가파르게 되감겨오는 시간, 출렁이는 바다가 네 머리채

로 빛나는 시간, 촤르르 흘러내리는 시간, 두두두두 전
기드릴 소리로 내 몸을 파고드는 시간.

　수챗구멍으로 빨려 들어가는 내 젖은 머리카락들,
　거울 안의 주름 속에도 눈물 고이는 이 영원불멸이.

섶에 오르기 위해

넉넉한 뽕잎으로 누워 있는 당신
실핏줄로 흘러드는 물줄기를 좇아
초여름 빗소리로 한번 달려봐?

청솔가지 내음으로 서 있는 당신
쫀득한 송진 방울 진하게 타고 올라
부챗살로 펼쳐지는 저 바늘방석에

한번 앉아봐? 캄캄한 도리질로 뜨거운 입질로
뒤엉키며 풀려나오는 알몸의 말과 침묵으로
오갈 데 없는 우리의 밤 정말 한번 궁글려봐?

절벽

짐짓 눈을 부라리는 붉은 신호등, 그 앞에서
묽은 달빛에 취해 들뛰는 밤 파도, 그 앞에서
머릿속을 헤집어 놓는 미친 바람, 그 앞에서
나, 불붙은 진흙소처럼 내달리려 할 때
들린다, 묵향처럼 나직한 당신 목소리
우로── 봐스!

앞다투어 벙글었던 목련꽃들이
破顔大笑, 한 큐에 다 진다

강릉 2
─ 여행에의 초대

당신이 누구든
그 어딜 걷고 있든

어쩌다 그만 돌뿌리에 채인 듯
근데 돌아보면 아무것도 없고

투명한 바람벽에 앞이마를 찧은 듯
근데 고개 들면 아무것도 없고

둘러봐도 아무것도 없고
끝끝내 아무것도 없고

허공이 허공을 덮듯 두 눈이 감겨오고
여울이 여울을 삼키듯 입술이 말려들어와

불똥 튀는 목마름도 없이
그을음 섞인 외로움도 없이

선 채로 잠 속으로 빨려들어가
넉잠 누엣속처럼 환해져버렸다면

결국 당신은 이미 당신은
당신이 누구였든 그 무얼 찾고 있었든

솔숲을 보며
── 졸업하는 제자에게

그래 그러니 이젠
다시 한번 시작해도 좋겠지, 나직하게
나의 과거는 어두웠지만, 나의 과거는 힘이 들었지만

네 번의 봄과 네 번의 가을이 오는 둥 가는 동안
우리 네 곁에서 가루눈 같은 사랑 뭉치는 법을 배웠지
볏짚단처럼 푸석한 세월 보듬어 안는 법을 익혔지
등 뒤의 어둠으로 눈앞의 어둠 밝히는 법을 깨쳤지
그래 바로 네 곁에서 눈떴지
몽롱한 꿈일랑 예리한 바늘 끝으로 갈아내야 한다는 걸
사랑도 고독처럼 방법적이어야 한다는 걸
손에 손을 잡고 빠르게 돌아가던 네 번의 여름과 네
번의 겨울
그 어지러운 원무(圓舞), 그 황홀한 소용돌이 속에서

그래 그러니 이젠
널 떠나가도 좋겠지
나의 과거-미래, 나의 방패-창인 이 몸
이 몸뚱이를 눈덩이-불덩이로 궁글리며
"난 얼어붙었어!"* 울부짖는 저 꽝꽝한 세상 속으로

결국 진한 매화 향기로 깨어날 우리의 다섯번째 겨울
그 한복판으로, 깊숙하게, 꼿꼿하게
행진! 행진! 행진! 하는 거야

* IMF: I'm frozen!

남대천 1

맨 무릎을 모으고 앉아 있는 그대
45도로 흘러내리는 종아리 빠른 물살을 타고
플래시를 터뜨리며 솟구쳐 오르는 은어떼

영원의 뒤척임은 소리가 나지 않습니다

남대천 2

그늘을 모르는 길이 있습니다 그 끝에
늦은 햇살로 녹아 있는 집이 있습니다
다리 난간 쓸려나가는 큰 물 뒤끝에
시치미 떼고 서 있는 아카시아들
그 억센 뿌리 놓지 않는 큰 돌 작은 돌
그늘에 모여 있는 고운 모래들이 그 서늘한 허기로
뜨듯한 돌 위에 앉아 쉬고 있는 아이가 있습니다
집은 아직 먼데 예감처럼 대관령을 곤두세우는 석양이
있습니다 금방 무슨 일이 일어날 듯

찢어져 더욱 펄럭이는 깃발이 있습니다
480호 사방공사가 아카시아를 지우고
꿈틀대던 돌길을 지우고 나무다리를 지우고
꽉 찬 예감을 지우는 제방이 있습니다
일사천리의 길 위에서 일사천리의 바람 이길 길 없어
고개 숙인 채 자전거를 끌고 올라오는 중학생
고등학생이 있습니다 예감처럼 밀려오는 저녁 어둠이
있습니다 금방 무슨 일이 일어날 듯

허공을 가로지르는 고압선이 있습니다 한여름

땡볕 속에서 버들개 대신 낚싯대를 타고 올라오는
　큰 붕어 작은 붕어가 있습니다 글썽이는 눈물 닦아가며
　둥글게 더욱 둥글게 검둥개를 그을리는 사내들이 저
멀리
　TV의 스포트라이트를 받으며 두어 바게쓰의 꾹저구
를 쏟아붓는
　사람들이 있습니다 언 발에 오줌 누듯 콘크리트 다리
위를
　타박타박 걸어오는 여덟 살짜리 아들이 금방 무슨 일
이 일어날 듯

　그 아래
　석양보다 진한 물빛이 있습니다.

오색 계곡

아우성으로 태어나고 아우성으로 스러지니
나는 물거품이다 바람의 두터운 등을 타고 올라
아침마다 절벽에 매달리는 다섯 색깔 무지개다
일렁이는 돌비늘로 물결 무늬로
번쩍이며 몸을 뒤집는 산천어로
내 인생 한나절에 찼다 한나절에 이우니
나는 달그림자다 네 얼굴 알아보기엔
저 여린 별빛 두어 개도 너무 눈부셔

술잔에 물을 부어

이제 다시는 취하지 말자니까
괴로움에 기대어 잠들지 말자니까

내 여윈 팔뚝에서 피 한 사발
그러나 껴안지는 말고

네 저린 팔뚝에서도 피 한 사발
그러나 살 섞지는 말자니까

우리야 시대의 소금도 아니고
우리야 세상의 누룩도 아니잖아

복숭아꽃 살구꽃 아기 진달래
피꽃으로만 벙그는 겁나는 봄밤에

물 탄 술에도 금방 취하는 무릉도원에서
너무 쉽게 곯아떨어지는 몽유도원에서

질근질근 제 혓바닥 씹으며
이제 다시는 의형제 맺지 말자니까

그는 왜 그럴 수밖에 없었을까
——이인성에게

　지금 한국은행 앞 로터리를 가로질러 절벽 하나가 달
리고 있습니다 보입니까 중앙선을 넘어 내달리는 벌거
벗은 침묵 이 거침없는 질주가 보입니까 잘 보입니까 이
벌건 대낮에 사람들이 보든 말든 희망에게 젖 물리는 여
성적인 절망이 보입니까 정말 보입니까 반 발짝만 더 다
가서면 좌우로 좌악 갈라지며 열릴 자동문이 우리 시대
의 전반사 거울이 보입니까 정말 잘 보입니까 솔잎 방석
그 바늘 같은 침묵을 깊숙이 깔고 앉아 유유자적 TV를
보고 계신 당신이 당신보다 더 비쩍 마른 당신 아들이

　마른번개가 핥고 지나간 앞마당의 대추나무가

땅 위에 평화

내려가누나 색시처럼 다소곳이
진딧물을 들쳐 업은 눈썹 없는 개미들이
이파리 모두 벗어 싹다리가 된 무서움이
赤手空拳의 신념들이 쨍쨍한 햇살 아래
팔랑대며 뒤집히던 정오의 한나절이
제 힘만 믿고 둥둥 떠 있던 색색의 풍선들이
어쨌든 살고봐야겠다는 캄캄한 생각
막다른 생각의 가파른 사다리가
희한하누나 흔들림이나 무성하게 피워 올린 나무
결국 우리가 지워야 할 우리
더 내려가선 안 되는 것들만
내려가누나 줄줄이 알사탕으로

줄줄이 알사탕으로 속눈썹까지 떼어놓고
땅 끝에서 땅 끝으로 걷고 있는 우리들이

스프린터

술을 끊고
담배를 끊고

괴어오르는 생각을 끊고
온갖 생각의 탯줄, 당신을 끊고

스탠드의 아우성을 끊고
숨을 끊고

한번의 들숨과 한번의 날숨 그 틈새를 비집고
터질 듯 자지러질 듯 벙글어오르는 영원

내 몸 불화살이 되어 당신을 꿰뚫는다.

왕오천축국전

내 앞머리를 쓰다듬는 척
가버리는 당신, 그 아쉬운 기척

끓어
펄펄 끓어올라

모래언덕으로 떠 있는 당신의
긴 그림자 난 타오르는 지평선이 될거나
너무 뜨거워 그냥 삼킬 수밖에 없는
사랑 밟을 듯 보듬을 듯 가는 당신
난 번쩍이는 사금파리 조각이나 될거나

날아
훨훨 날아올라

새 그림자 하나, 초생달 같은 발톱으로
찢어져라 하늘 끝을 휘어당기는 사마르칸트

피사의 사탑
─ 새벽 산책

중심을 찾아 밀려드는 은근한 힘들이
새벽마다 우릴 뭉치는지 반죽하는지
홍두깨처럼 쭈욱 쭉 밀고 나가는지

길 양쪽에 늘어선 키 큰 미루나무들
캄캄하게 안쪽으로만 휘어드는지

시간의 실핏줄은 정말 푸른지

사미인곡

솔숲에 걸린 달
감질나게 깨어나는 바람

가만

못 이기는 척
흰 머리채를 허공에 풀어놓는 억새들

가만

사십대로 내려가는 길고 좁은 길
허리가 휘어지게 누워 있는 당신

가만

태풍이 지나가고

열한 시, 비행기 그림자 하나
앞마당을 지나간다, 엉겁결에
폭음이 뒤쫓아간다, 선 자리에서
밤새 그 장대비를 다 받아낸 대나무
여린 잎들이 퍼붓는 햇살을 핥아댄다,
잠들어 해죽거린다, 쌔근대는 정오를 깨울세라
구름 그림자 발끝으로 마당을 건너간다,
당신은 오지 않는다, 두 시나 세 시
네 시 어디쯤, 당신 대신 고요가
온다, 솔개 그림자로 담벼락을 꿰뚫고
간다, 고요가 벗어놓은 옷이 마당 가득
꽃잔디로 활활 타오른다, 열렬한 저녁이 온다

측백 범종

햇살이 뜨거워지니 삼삼오오 참새들
늙은 측백나무 속으로 날아듭니다

제풀에 젖꼭지 부풀듯
은근하게 바람 부풀어

아랫가지에서 윗가지로
아랫몸에서 윗몸으로

부산하게 옮겨 앉는 소리들
밥물 잦듯 이윽고 바람 잦아

화안한 그늘 드리우며
범종 하나 하늘에 떠 있습니다

귀뚜라미

숲이 나무에 지워지고
나무가 잎새에 지워져
잎새 하나가 내 하늘이 되고
잎새 하나가 내 이불이 되는 밤

잎새가 하나가 그대 얼굴이 되는 밤

無間之間, 그 틈새를 비집고
無門之門, 그 문을 활짝 열고
푸르른 빛줄기가 하나
알몸으로 휘어들어와
결 고은 숨결이 하나
스미듯 파고들어와
六組右線의 뜨거운 총구가
내 몸을 벌집으로 만드는 밤
귀뚜르르르
귀뚜르르르

귀뚫린 아침으로 와 있는 밤

사위는 가을볕을 돋워놓고

문풍지를 단다 겨울 내내 저공 비행으로 마당을 휩쓸고 갈
다국적 바람의 줄기찬 욕망 반성을 모르는 관습
그 싸늘한 송곳니에 한 치 혓바닥을 달아준다 얘야
이제 곧 첫눈이 올 거란다 눈 퍼붓는 동안엔
비질하지 않는 법이란다 문 꼭꼭 닫아걸고 따땃하게
군불 땐 방 아랫목에서 콩나물처럼 웃자랄 내 게으름
네 심심함에도 잔뿌리 무성한 비명을 어디 두고 보렴
이번 겨울에도 큰 눈이 올 거란다 눈이 덮을수록
대관령은 새록새록 솟아오른단다 아무도 넘을 수 없단다
시대착오적인 온기로 서 있는 오후 한 시와 세 시 사이에도
얼 듯 녹을 듯 발밑의 땅이 부서진단다 불면 훌훌 날아간단다
이렇게 살다보면 정말이지 어느 날 뜨겁게 바다가 넘쳐올라
작은 조개들이 저 산을 뒤덮는 걸 보리라, 죄 없는 믿음까지
녹는 척 다시 얼어붙는단다 돌아설 수 없는 한 시와

앞이 안 보이는 세 시 사이 아빠가 지금 사위는 가을
볕 네 귀퉁이에다
제자리에서 붕붕대는 우리의 열망을 풀칠하고 있단다
허공을 향해
거듭 융기하고 거듭 대패질되는 가파른 나라 고요한
관습의 주인답게 어른답게 외풍 심한 집안의 틈새 없
는 가장답게

가을, 동해에서

눈 끝에 손이 있고
손 끝에 눈이 있어요

새 책만 보이면 꼼꼼하게 더듬고
옛사내만 펼쳐들면 꼼꼼하게 읽어요

행여 사랑한다 고백하게 될까
탐조등 그 질긴 그물에 걸려들게 될까

평생을 발버둥쳐요 술보다 진한 물 속
화안한 저 바닥이 열 길도 넘거든요

겨울, 동해에서

내가 걸으면 별들도 따라온다
어두운 하늘을 보듬어 안고

삶에 취한 사내처럼 에헤 나 이제
노래하지 않아도 널 부르지 않아도

배회하다 춤추다 이윽고 이우는 달
내 홀로 눕는 곳이 하늘 속이라서

해 질 무렵
── 에릭 사티를 위하여

파리 남쪽 외곽 라플라스 역에서 그닥 멀지 않은 코쉬
가(街). 재개발의 삽날이 깊숙이 갈아엎고 있는 프랑스
공산당의 영원한 텃밭. 달려오는 2차선 도로를 둘로 쪼
개내면서 쐐기처럼 박혀 있는 삼각형의 5층집. 지금은
아랍인들이 무혈점령해 있는 그 건물 윗층에서 사티는
1898년부터 죽는 날까지 혼자 살았다. 그 스물일곱 해
동안 도끼날을 입에 물고 산 그 사나이의 방에 들어가
본 사람은 거의 없다.

　　늙은 도시의 헐떡이는 심장을 가로질러
　　저녁마다 나는 혼자 걷는다
　　몽마르트르 언덕의 소란한 카페 너머
　　낯익은 술꾼들 자욱한 담배 연기 너머
　　보드빌 너머 싱코페이션 너머
　　다시 옛 도시의 지친 허파를 가로질러
　　나 혼자 걸어올 허정(虛靜)한 새벽 너머

　　천천히 떠오르는 빈 방 하나
　　푸른 달 하나

언제나 닫혀 있는 덧창 뒤에서 그는 몇 개의 음들이 띄엄띄엄 벙글었다 이우는 짧은 곡들을 썼다. 이따금 해질 무렵에 그 동네의 가난한 이웃들은 흡반처럼 자신들의 영혼을 빨아들이는 느리디느린 종소리를 들었을 것이다. 지금도 햇살 비스듬한 일요일 오후면 어딘가 멀리서 걸어온 듯한 사람들이 삼삼오오 그 집 앞에 모여든다. 들리지 않는 그 종소리에 취해 반쯤 눈을 감은 채 사진들을 찍는다.

이윽고 나도 늙으면

말뿐이지만 말의 질긴 혓바닥만이
백 퍼센트 붉은 포도주를 빚어내지만

시뿐이지만 시의 지팡이만이
두드리면 솟구치는 샘물 타오르게 하지만

이 몸 덮어놓고
맹물 같은 말에 불을 당기고
비벼 끄지만 눈 비비고 봐도

아직은 이 몸 말이 아니고
아직은 이 세상 시가 아니지만

언젠가엔 나도 불 꺼진 횡단보도
지팡이 앞세워 건널 테지만

해설

영원의 말과 말의 영원

최현식

시는 '너'를 말함으로써 '나'를 말하는 이상스런 동일성의 언어이다. 그러니까 자아의 저 깊은 곳에 살아 숨쉬는 '존재의 본질적 이질성'과 복합성을 껴안고 대면함으로써 타자와의 대화와 하나됨을 실현하는 타자성의 결정체인 것이다. 시는 따라서 보편성과 단일성, 합리성과 호환성 등에 최고의 가치를 두는 모든 대문자 언어에서 보자면, 언제나 불온하고 불안하며 그래서 늘 억압하고 은폐하지 않으면 안 될 '소란'이거나 '잡음'이다. 그러나 김수영이 「꽃잎」 연작에서 갈파했듯이, '시'라는 "넓어져가는 소란"과 '소음'은 대문자 언어가 지배하는 일상 현실에 "아까와는 다른 시간"과 "거룩한 우연"을 섬광처럼 계시하고 창조하는 진정한 '사랑의 변주곡'이다.

심재상은 그 찰나의 변주곡에 대한 참을 수 없는 그리움을 새 시집 『넌 도돌이표다』의 「시인의 말」에서 다음과 같이 적고 있다. "여전히 교환 불가능한 웅얼거림들, 호환 불가능한 헛소리들, 환원 불가능한 방언들이 내 안에서 내 밖에서 꿈틀거린다." 사실 그의 표준어의 바깥에 대한 의지는 새삼스러운 것이 못된다. 첫 시집『누군가 그의 잠을 빌려』(1995)의 해설에서 이성복이 적절히 지적했듯이, 그는 자아와 세계가 다중적 혹은 다성적으로 존재한다는 믿음에 매우 충실하다. 그것의 언어적 표출이 복합성과 이질성으로 들끓는 '소음'의 형식인 셈이다. 그리고 '소음'에의 집중은 분산된 이미지의 연쇄적 나열과 의미의 모호성 등을 독특한 미적 자질로 등재시킨다. 이런 방법은 '소음'의 원형적 제시에 적잖이 기여하지만, 한편으로는 의미 해석의 곤란에 따른 난해의 기미를 창출하기도 한다. 이는 시인에게 '소음'을 날것 그대로 제시하기보다는 그것에 일정한 방향성을 부여하는 작업이 하나의 과제로 남겨졌음을 의미한다.

이번 시집에서 심재상은 무엇과도 교환 불가능한 '소음'의 고유성을 드러내는 일에 진력하고 있는 듯이 보인다. 이때 중요한 것은 고유성의 핵심을 '말의 영원'과 '영원의 말'이라는 시의 가장 보편적이고 궁극적인 지향 속에서 찾고 있다는 사실이다. 하지만 그것들은 주체의 열정과 욕망이 아무리 강할지라도 결코 쉽게 다가갈 수 없는 현실 저편에 속해 있다. 말하자면 자아와 말의 한계를 뼈저리게 각인하면서도, 또다시 그것들 전부를 흔쾌히 던져 끊임없이 찾아가야 하는 절대성인 것이다. 따라서 심재상이 그려 보이는 영원의 관념과 형상 못지않게, 그것이 추구되는 과정과 자아의 자의식 변전에 주목할 필요가 있다.

한 다발 은은한 꽃을 샀죠
끊어지고 베어진 길 눈에 띄지 않게
한 뼘씩 되찾으며 날 데려갈 향기
가위 같은 바람이 탯줄처럼 잘라내어
허공에 흩뿌렸죠 끝내 제방 위에 서서
장맛비로 불어난 검붉은 냇물 굽어보며
은현잉크처럼 더디게 울었죠 진양조로
방울지는 저녁답의 비릿한 바람 잦아들 때쯤
바다 쪽 구름이 깨끗이 쓸려 있었죠
텅 빈 내 몸이 꽃병이었죠 저 멀리
번쩍이는 길 하나 분수처럼 치솟아
당신의 하늘을 사루고 있었죠.

——「시든 꽃」 전문

　이 시는 소음의 고유성을 찾아 떠도는 심재상의 내면을
대변하는 시로 꼽을 만하다. 하나의 서사로 꿸 수 없는 일
련의 이미지와 자아 내면의 모호한 결합도 그렇지만, 이
시의 의외성은 단연 '시든 꽃'이란 제목의 돌발성에 의해
생성된다. 전반부의 산화공덕(散花功德) 행위에서 '시든
꽃'의 이미지가 환기되지 않는 것은 아니다. 그러나 후반부
의 "텅 빈 내 몸이 꽃병"과 "번쩍이는 길"의 절묘한 병치와
결합은 오히려 숭고한 무언가의 강렬한 개화를 인상 깊게
부조한다. 이런 순간적 계시가 영원의 한 국면임은 비교적
분명해 보인다. 그것에의 공명은 저 '불타는 길=꽃'의 역동
적 이미지를 우리 내면에서 살아볼 때야 가능하지 특정한

의미로의 번역과 치환을 통해서는 불가능한 듯이 느껴진다.

　이처럼 일상 혹은 자연 풍경과 내면을 뒤섞음으로써 현실 저편의 "번쩍이는 길"을 터 나가는 방법은 『넌 도돌이표다』의 주요한 문법 가운데 하나이다. 그 '길'은 대체로 세계와 자아의 존재방식과 관련된 생성과 소멸, 충만과 텅 빔, 기억과 망각 등과 같은 이항대립의 역설과 반전을 통해 창조된다.

　　1) 햇살보다 환한 그늘이 눈 아픕니다　　　―「빈 터」

　　2) 순간이 영원을 껴안고 빛이 어둠과 살을 섞는 그 어디쯤 네가 다시 소리 없이 담을 넘어갔다는 걸 안다
　　　　　　　　　　　　　　　　　　　―「목련 그늘」

　　3) 내 인생 한나절에 찼다 한나절에 이우니/나는 달그림자다
　　　　　　　　　　　　　　　　　　　―「오색 계곡」

　그에게 자연은 단순한 동화의 대상이 아니다. 인용에서 보듯이, 그것은 자아의 삶에 대한 성찰의 매개체이자 세계의 비의를 새롭게 깨치는 앎의 계기로 기능한다. 풍경의 구성이 복합적인 것도, 빛보다는 그늘에 눈길이 더욱 머무는 것도 그 때문이다. 이런 점에서 그늘의 중층성과 생성력은 '넓어져가는 소음'과 전혀 등가의 것이다. 일반적으로 영원의 계기는 빛과 청음(淸音) 같은 양의 상상력을 통해 추구된다는 점에서 이런 음의 상상력은 매우 독특한 것이다.

그늘과 어둠에서 영원의 "번쩍이는 길"을 구하는 시인의 태도는 밝은 빛 일색의 영원성 지향이 수반하곤 하는 현실과의 괴리, 이를테면 터무니없는 현실 긍정이나 신비적 초월주의에 대한 경계와 반성의 산물인 듯이 보인다. 물론 이런 태도의 형성에는 일찍이 김현이 간파했던 시인 자신의 허무주의적 기질 역시 한몫을 했을지도 모른다. 첫 시집에서도 그랬지만, 일상 현실과 거기에 포섭된 우리를 보는 그의 시각은 매우 부정적이고 비판적이다.

〔……〕눈 내리깔고 걸어도 자꾸만 낯간지러운 4월인데 해마다 불어대는 흙바람인데 날렵한 삶은 굼뜬 죽음을 여전히 따돌리지 못하고 가도 가도 낯익은 모래밭인데 누군가 이제 우린 누군가 얼굴을 빼앗긴 몸뚱이 하나 복날의 아이스크림처럼 녹아내리는데 쇳물처럼 빠른 죽음은 녹물처럼 느린 삶을 도무지 따라잡지 못하고 가도 가도 4월 끝끝내 흙바람 이는 텃밭인데
　　　　　　　　—「가도 가도 난데없는—립싱크 랩소디 7」 부분

언뜻 엘리엇의 「황무지」를 떠올리게 하는 이 시에는 불모성과 돌발성을 핵심으로 하는 삶의 비극적 본질이 잘 표현되어 있다. "가도 가도 난데없는" 삶, 그것의 본질은 삶과 죽음의 이중성과 그것들의 지속적인 어긋남에 있다. 비극으로 점철된 운명의 불행함은 이미 정해진 것이지만, 그러나 그것이 우리를 언제 어디서 어떻게 방문할지에 대해서는 전혀 알지 못한다. 시인은 "여전히 따돌리지 못하고"와 "도무지 따라잡지 못하고"란 말로써 언표 불가능한 운명의 폭력성과 의외성, 그리고 그것에 무기력하게 휘둘리

는 존재의 절망감을 표현하고 있는 것이다.

이와 같은 삶의 비극성은 주관적 의지로 거절할 수 없는 '주어진 것'이겠으나, 한편으로는 문명의 환란 속에서 더욱 배가되는 인위적 잉여이기도 하다. 잘 아는 대로, 근대의 계량적 시간관은 속도와 효율성을 지상의 가치로 여긴다. 그런 까닭에 일상이란 "오로지 사용해야 할 시간, 소모하고 탕진해야 할" 시간들에 지나지 않는다. 이런 상황에서 존재의 본질 실현과 관련된 고유한 시간성, 그러니까 "당신의 소중한 약속 시간을 보장해줄 수 있는 길"(이상 「모래시계」)은 원천적으로 봉쇄될 수밖에 없다. 시인이 자연 풍경에 자아의 내면을 적극적으로 겹쳐보게 된 것은 어쩌면 이런 삶의 제약에 크게 자극 받은 때문일지도 모른다.

그런데 그는 이미 말한 대로 '약속 시간'의 가능성을 망각과 소멸, 텅 빔과 같은 음(陰)의 상상력에서 구하고 있다. 이렇게 말하면, 그런 가치들을 삶의 원리 혹은 목표로 설정함으로써 마음의 평정을 도모하는 정신주의 시학을 떠올릴 법도 하다. 하지만 심재상의 시는 그런 태도와는 비교적 무연하다. 오히려 음의 영역들을 삶의 조건으로 전제한 속에서 '소음'과 '불타는 길'의 흔적 혹은 숨겨진 이면을 좇는다.

좋겠지 오늘처럼 가을비 으슬대는 저녁답 아무리 더듬어도
달아오르지 않는 맹숭맹숭한 추억 그 써늘한 손끝을 거머쥐고
가물대는 기억을 등불 삼아 어디 한번 찾아가 보는 것도 망각
그 불멸의 자궁 속에 누가 볼세라 은현잉크로 조그맣게 새겨져
있을 몇몇 여자 이름들 귓볼을 어지럽히던 나직한 한숨들 벙어

리 장갑 안에서 꼼지락대던 손가락들
            ─「나의 아라비안 나이트 1」 부분

　시인에게 망각은 기억의 무덤이 아니라 오히려 기억을
생성시킨 과거의 사건과 행위, 관계들이 살아 숨쉬는 원형
의 공간이다. 그러므로 '망각'은 "불멸의 자궁"이자 늘 무
한 현재로 존재하는 "영원회귀"(「당신과 함께」)이다. 또한
가장 현실적으로는 "어거지로 눈을 닫으면 옳다구나 귀가
열리고/막무가내로 귀를 막으면 얼씨구나 입이 열"리게 하
는 "나의 힘"(「망각은 나의 힘」)이다. 이런 점을 고려하면,
시인이 들으려는 '소음'은, 되찾으려는 '약속 시간'은 부재
의 현존에 뿌리를 두고 있는 것이다.

　그의 부재의 현존에 대한 관심은 무엇보다 '당신'이란
절대존재의 창안(創案)에서 엿볼 수 있다. 이 시집에서
'당신'이란 낱말은 몇 손가락 안에 꼽힐 정도의 빈도를 자
랑하는 핵심어의 하나이다. '당신'은 그에게 신이며 연인
이고, 또한 영원성이며 절대미이기도 하다. '당신'은 우리
의 일상에 항상 임재하지만, "보이지 않는 게 당신의 원칙/
눈에 띄지 않는 게 당신의 미덕"(「간접조명─숨은 신」)에
서 보듯이, 숨어 있음을 본질로 한다. 그렇기 때문에 그것
은 말, 특히 이성의 제국의 공용어인 표준어로는 형용할
수 없는 존재이다.

　마치 만해가 '당신'의 있음을 어떤 관념이 아니라 자연
사물의 표상을 통해 드러내듯이, 심재상 역시 '당신'과 함
께 있음이란 분위기나 느낌에 대한 진술과 묘사를 통해
'당신'을 확인할 따름이다. 따라서 심재상에게 이미지와

의미의 모호성은 표준어로 가둘 수 없는 '당신'이란, 그리고 그것이 환기하는 '영원'이란 '소음'을 되도록 있는 그대로 보여주려는 고도의 전략이 아닐 수 없다. 우리는 이를 테면 "알몸의 외침들"(「봄, 동해에서」), "알몸의 말과 침묵"(「섶에 오르기 위해」), 그리고 "영원의 뒤척임은 소리가 나지 않습니다"(「남대천 1」) 등에서 물리적 현실과 시간의 때를 타지 않은 원초적 '소음'을 향한 언어적 욕망을 또렷하게 확인한다.

이런 '영원의 말'은 그러나 '말의 영원'이 보장되지 않는 한 도달과 종착의 기약도 없이 그야말로 영원히 추구해야 할 지향적 가치일 따름이다. 세계와 말 사이의 '차연'이 의미의 불확정의 기원이자 근거이며, 이로부터 낭만적 아이러니가 발생한다는 것은 주지의 사실이다. 그런 점에서 '넌 도돌이표다'라는 제목은 매우 의미심장하다. 거기에는 존재와 언어 사이의 메울 수 없는 간극에 대한 통찰과 더불어 세계와 시를 사유하는 심재상의 태도가 뚜렷이 표명되어 있다. 도구이자 목적으로서의 말에 대한 그의 태도는 양가적이다. 말은 사물의 핵심과 본질에 육박하는 창이지만, 동시에 그것을 가로막는 방패이기도 하다. 그의 말에 대한 사유는 후자를 향해 약간 기우뚱한 채 이 해결 불가능한 모순 사이를 떠돈다. '넌 도돌이표다'라는 표현은 따라서 '나'와 '말'이 서로를 향하여 던지는 일종의 주박이자 자기 한계의 고지이다.

　　당신의 손을 닮은 폐곡선이 있지 그 손을 자주 닫히게 만드는
　또 다른 손들 파르르한 정맥으로 우아하게 만났다 은근하게 헤

어지는 손들이 있지 말없는 힘의 언어와 말하지 않는 언어의 힘
그 현란한 손금들을 소리 내어 읽어낼 힘이 내겐 없지만 당신의
손을 닮은 우아한 폐곡선엔 우리의 무의식적인 포옹을 넘어서
는 격렬함이 있지 모든 폐곡선 안엔 충동의 눈 먼 춤사위가 있
지 미모사처럼 닫히는 당신의 손안엔 날아오를 듯 날개를 접는
나비 한 마리 있지   ——「미모사 1」 전문

　『넌 도돌이표다』에서 시적 영원의 황홀함을 이 시만큼
행복하게 보여주는 작품은 따로 없다. 눈치 빠른 이라면
장주지몽(莊周之夢)의 고사를 언뜻 떠올릴 것이다. 그러나
또한 이 시만큼 존재와 언어의 한계를 뼈아프게 고백하는
작품도 없다. 어떤 절대로서의 '당신'과 '나비'는 무엇을
통해 만날 수 있는가. 그것은 물론 "말없는 힘의 언어와 말
하지 않는 언어의 힘"이다. 이때의 '말없음'과 '말하지 않
음'은 일반적 의미의 '침묵'과는 다르다. 그것은, 의미의 축
약을 무릅쓰고 말한다면, 말하지 않음으로써 모든 것을 말
하는 절대 언어이다. 또는 막스 피카르트가 "침묵과 결합하
면 인간은 침묵의 원초성뿐만 아니라 모든 것의 원초성에
참여하게 된다"라고 했을 때의 언어적 원(源)현상이다. 당
신과 나비가 말로 표상되지 않는 부재하는 현존이듯이 저것
들 역시 현실의 표준어 저편에 존재하는 부재하는 현존이
다. 이것은 '영원의 말'과 '말의 영원'이 존재하는 방식이
기도 하다.
　그러나 이런 절대 언어는 현실에 존재하지 않는 미적 가
상일 따름이며, 행여 존재하더라도 그것을 "소리 내어 읽
어낼 힘이" 우리에게는 없다. 시인을 '저주 받은 운명'의

소유자라고 할 수 있다면, 이런 딜레마를 시와 존재의 조건
으로 삼으면서 삶의 '도돌이'를 지속해야 하기 때문이다. 이
처럼 시인에게 언어의 좌절과 실패는 삶의 그것과 등가이
다. 시인은 일련의 '립싱크 랩소디' 연작을 통해 그런 한계
에 대한 솔직하고도 우울한 고백과 인정을 담아내고 있다.

> 숯가마처럼 생긴 찜질방에 해면체로 누워 있었지 그만 잠들
> 었었지 어디선가 물속 같은 꿈이 왔었지 저쪽에 해사한 해파리
> 하나 올 듯 말 듯 너울대고 있었지 자세히 보면 양면 코팅된 당
> 신의 얼굴이었지 질척대는 건 싫어 뽀송뽀송하게 살 거야 당신
> 의 미소가 종이꽃으로 부서졌지 눈을 떴을 땐 내 혀가 없었지
> 마른 꽃향기만 입 안에 그득했지
>
> ──「종이꽃─립싱크 랩소디 8」 전문

모든 말은 근본적으로 일종의 '립싱크'이다. 왜냐하면
사물과 본질로부터 끊임없이 미끄러지는 것이야말로 언어
의 숙명이자 한계이기 때문이다. 주지하다시피, 노장(老
莊)과 불가(佛家)의 '언어도단'적 사유는 '립싱크'의 모자
람과 위험함을 동시에 뛰어넘기 위한 '소음'에의 의지를
대표한다. 따라서 '소음'은 당연히도 "말없는 힘의 언어와
말하지 않는 언어의 힘"을 자기의 존재방식으로 삼는다.
그러나 현실의 말에 의존하는 시는 '소음'을 상상하거나
또는 순간적으로 현현할 수는 있어도, 그것을 안정적 실체
로 고정시킬 수 없다. 시간의 폭력과 언어의 한계 속에서
생물(生物)로서의 '꽃'은 '종이꽃'으로 옷을 바꿔 입을 수
밖에 없다. 시간과 언어의 바깥인 '꿈속'에서는 '소음'의

자유가 가능하다. 하지만 그것의 안인 '꿈밖,' 즉 현실에서 '소음'은 기껏해야 가성(假聲)이거나 언제나 청음으로 교환·정제되어야 할 말 그대로의 '소음'일 따름이다.

사실 심재상 시에서 '꿈속'과 '꿈밖'은 시적 영원 및 자유와 관련하여 빼놓을 수 없는 공간 구획에 해당한다. 첫 시집의 제목 "누군가 그의 잠을 빌려"나 새 시집의 1부 제목인 "꿈속의 누군가가 꿈밖의 내게"는 그런 완강한 공간 인식을 증거하기에 모자람이 없다. 그러나 중요한 것은 심재상 시에서 두 세계는 상호 소통하기보다는 단절되어 있는 경우가 많다는 사실이다. 위의 「종이꽃──립싱크 랩소디 8」은 그런 단절과 그에 따른 언어적 절망을 대표하는 시이다. "눈을 떴을 땐 내 혀가 없었지," 시인에게 이 이상의 절망과 형벌은 결코 존재하지 않는다.

그러나 빼앗긴 '내 혀'를 되찾는 시적 투기(投企) 없이는 시인이란 명패는 주어지지 않으며, 표준어의 저편에서 "폭죽처럼 피어났다 폭죽처럼 스러지는" 그만의 고유한 '소음' 역시 발화할 수 없다. 시인은 따라서 다음과 같은 모순된 삶을 자기 운명으로 끌어안을 수밖에 없다.

잠자리떼의 저공 비행이 점점 더 격렬해집니다. 그 아우성에 맞불이라도 지피듯 작은 물고기들이 입을 벙긋대며 수면으로 솟구칩니다. 수백 송이의 물꽃들이 폭죽처럼 피어났다 폭죽처럼 스러집니다. 부서지고 또 부서지면서도 수면은 무섭게 고요합니다. 서 있을 수도 앉아버릴 수도 없는 이 북받침이 나의 시작이고 나의 끝입니다.

──「빗방울 전주곡─립싱크 랩소디 6」 전문

'북받침'이란 표현은 매우 독창적이다. 이만큼 시인의 슬프지만 즐거운 운명을 함께 드러내는 말을 찾아보기란 쉽지 않을 듯하다. 이런 '북받침'이 있기 때문에 "교환 불가능한 웅얼거림들, 호환 불가능한 헛소리들, 환원 불가능한 방언들"의 가능성은 열리는 것이 아닐까. 어쩌면 시인은, 시집의 배치로 미루어 보건대, 「립싱크 랩소디」 연작 뒤에 오는 「미모사」 연작이나 「노래, 어슴푸레한」 「섶에 오르기 위해」 등에서 '소음'의 가능성을 점쳤는지도 모르겠다.

그러나 나에게는 "영원의 뒤척임은 소리가 나지 않습니다"(「남대천 1」)라는 환희의 말보다는 "서 있을 수도 앉아버릴 수도 없는 이 북받침이 나의 시작이고 나의 끝입니다"라는 내면의 아이러니가 훨씬 눈물겹다. "어쩌면 아예 오지 않을지도 모를 당신을 위해"(「시인의 말」) 시인이, 독자가 갖출 수 있는 태도에서 그것만큼 진솔하고 또한 현실적인 방식은 달리 없기 때문이다. 그래서 시는, 심재상의 말을 빌린다면, "아편 같은 내 삶의 황홀한 진저리"로 항상 경험되는 것인지도 모른다. ▨